百年新诗百部典藏／马启代 主编

U0608671

高平诗选

高平 著

江苏凤凰美术出版社

图书在版编目（CIP）数据

高平诗选 / 高平著 . -- 南京 ： 江苏凤凰美术出版社，
2021.2

（百年新诗百部典藏 / 马启代主编）

ISBN 978-7-5580-5122-7

Ⅰ . ①高… Ⅱ . ①高… Ⅲ . ①诗集－中国－当代
Ⅳ . ① I227

中国版本图书馆 CIP 数据核字（2018）第 198341 号

责任编辑	李秋瑶
装帧设计	北京长河文丛文化艺术有限公司
责任监印	唐　虎

丛 书 名	百年新诗百部典藏
单册书名	高平诗选
著　 者	高　平
主　 编	马启代
出版发行	江苏凤凰美术出版社（南京市湖南路 1 号　邮编：210009）
出版社网址	http://www.jsmscbs.com.cn
印　 刷	河北飞鸿印刷有限责任公司
开　 本	710mm×1000mm　1/16
印　 张	10
版　 次	2021 年 2 月第 1 版　2021 年 2 月第 1 次印刷
标准书号	ISBN 978-7-5580-5122-7
定　 价	28.00 元

营销部电话　025-68155675

江苏凤凰美术出版社图书凡印装错误可向承印厂调换

总序

转眼新诗已百年

马启代

早在 20 世纪的最后几年，大家已在议论新诗百年的事情，近年来，"新诗百年"的话题和各类活动甚至与社会商业活动携手并肩、大有超越诗歌本身的勃兴之势。事实上，看似在热闹中诞生的新诗，其本性与喧嚣并无基因上的联系。艺术与人类历史一样，有着表面风风火火的一面，也有着沉潜低回的另一条趋线。作为伴随新文学诞生的一个新兴文体，它呱呱坠地的时代的确可以用狂飙突进来标示，故我虽一向把社会"思潮"与"诗潮"的相伴相随作为认识百年新诗的一个重要视角，但我并不认同仅仅把波涛浪峰上的那些弄潮者看作新诗百年的代表，也就是说那些以潮流和流派及其风云人物为特征的历史叙事所构成的只是一个粗线条的描述，正是"思潮"与"诗潮"的历史共振，加上民族危难和社会动荡所造成的探索中断和精神异化，新诗所欠下的旧账一再被后来者忽略或轻视，仿佛一个亢奋的战士，冲锋中丢弃了装备，几番沉浮，在这个百年的节点，正是反思得失、检视成败的契机。当然，作为在争论甚至反对声中活得多数时候都青春四射的新诗，对质疑和批评的回应与对自身缺憾和弊端的正视从来都是一体两面需要痛加剖析、修正的问题。

我想略通"近代史"的人都会理解，产生于春秋战国以来极少出现的思想自由争鸣时期的新文学，结出新诗这个果实，既是必然，也显得匆忙。我们至今对它的称谓还有争议，如白话诗、自由诗、新诗、朦胧诗、现代诗、汉语新诗、新汉诗等，各有历史定位和美学指向，但莫衷一是，互不认同。此外，关于新诗诞生的历史成因、艺术脉络也各执一词，互有个见。我曾在《新汉诗十三题》中说过，它的源头不是旧诗，它与古诗、律诗、词、曲的代终体换不同，新诗直接来源于外国诗，不是一般的启示与借用，但新诗最终应是民族文化求新求变的产物皆赖于外来文化的刺激复活以及几代学人承前启后的不懈挽救。借此界定新诗的生日——假如非要有一个最大认同公约数的时间，我想，既不是胡适在《尝试集》中几首诗后面标注的 1916 年，也不是《新青年》2 卷 6 号刊发胡适《白话诗八首》的 1917 年，而应是《新青年》4 卷 1 号刊登胡适、沈尹默、刘半农九首诗的 1918 年 1 月。显然，作为《白话文学史》作者的胡适，深知"白话诗"与"新诗"在观念、精神和美学追求上的不同。他在 1917 年 1 月发表在《新青年》上的《文学改良刍议》被认为脱胎于美国女诗人洛威尔的《意象派宣言》，而意象派运动其主要旨趣在于解放英语诗歌的形式和语言，尽管他的代表人物庞德据说受益于中国古典诗歌的翻译。

但毋庸置疑的是，新诗承续了发端于 18 世纪以来世界范围内的诗歌自由化趋向，其背后蕴藏的历史人文内涵和深刻的人类精神走向乃潮流和大势。百年来，世界和中国都发生了许多亘古未有的大变化，人类在苦难和荣光中创造的无数诗篇，成为记录人类心灵和精神变化的珍品。尽管至今尚有人对新诗做出实验失败的定论，近年旧体诗创作日隆，也大有复兴的气象，但无须争辩的事实是：首先，新诗是个伟大而粗糙的发明（沈奇语），它无愧于百年风雨沧桑的砥砺磨洗（张清华语），你即便说它不成功，但也不能无视它有成就（桑恒昌语），穿越百年的时光隧道，战争、天灾、人祸以及正常或不正常的生存考验，新诗已经成为现代人重要的灵魂洗礼和精神救赎的载体。熊辉教授在《纪念新诗百年》中认为百年新诗的发展，最大的成功是确立了自身的文体优势。分行排列的自由书写成为承载现代人情感和思想的有效形式，而吕进教授把新诗看作"内视点"文学的主张，为现代新诗内在形式的确立提供了理论依据。其次，新诗采用大量口语和白话进行书面转化，使古老的汉语焕发出新的生机，重新把优雅与深邃找回，其在唤醒和复活民族灵性上体现出无可替代的前景。最后，我认为新诗与社会思潮与生俱来的根性联系，使其始终勃发着一颗求新求变的魂魄，百年来，它对于中国人精神的塑造居功至伟。

当然，一个百年的文体也许还处于未完成时，尽管许多文学史、诗歌史已翻来覆去根据不同时期的政治需要和个人诉求做过这样那样的修订甚至重写，事实上，所谓百年我们也不妨做模糊的理解，百年新诗也许尚未走出自己的青春期，业已形成的传统还显单薄，无论是文本本身还是理论批评范畴都面临着很多需要解决的问题。新诗不是"作诗如作文，作诗如说话"（胡适语）那样简单，断然不能把一种精神倡导理解为实践指南，正如不能把"下半身写作"理解为"写下半身"，把"口语写作"理解为"口水写作"。尽管民歌民谣给了自由化写作最初的滋养和激发，成就了彭斯和华兹华斯等不朽的歌唱，但新诗随着现代思想的传播，不适合进化论的艺术需要坚守和弘扬的恰恰是最初的和最原始的人的精神和梦想，最本真、最本质的感动。新诗突破了古典诗歌"触景生情"和"睹物思人"的套路，注入了"以思触诗、以诗触思"的感悟和体验，形成了"缘情言志寓思"的现代模式，这些皆赖于中西文化交汇中英美的浪漫主义和法德的现代主义诸流派的深度浸润。但一个文体既有它自我革新和不断蜕变的免疫能力，也有自我阉割的自杀倾向。如今，经历多层磨砺和戕害的新诗呈现出精神伦理和艺术审美上的诸多问题，"生底颤动，灵底喊叫"（郭沫若语）极有被废话、脏话淹没的危险。我在《百年新诗的"三度"迷失》和《当下诗歌创作的"三化"警示》两文中做了解析和指认。据此而论，吕进教授提出新诗的"三个重建"和"二次革命"多年，在展望未来时的确应引起我们的深思。

时光如白驹过隙，对于天地历史而言，百年不过弹指间的一个刹那，但于人于事，一个世纪毕竟暗藏着天翻地覆。适逢新诗百岁，借此数语，聊寄祝福！

目 录

001　阿妈，你不要远送

003　紫丁香（组诗）

010　致田野

012　大雪纷飞

033　明月出草原

034　雪恋

036　莫高窟秋风

038　药王山

039　西藏的云

041　游塔尔寺

043　八月的北大荒

044　平潭

045　日光岩放歌

046　我在西部行进

048　巴拉顿湖

049　伊犁的月亮

050　致天池

052　雨中

053　峨眉山枯树

054　雌性的大西北

056　路

057　嘉峪关秋雨

058　九寨沟的原始森林

059　珍珠滩瀑布

060　并肩前行

061　我是冬麦

062　桂林漫步

063　佤族舞蹈

065　汨罗江边

066　游沙湖

067　醉吻

068　钥匙

069　中国情结

072　中国人单恋月光

074　长沙的热

075　刮脸

076　圆明园残存的石头

077　遗憾

078　登上阳关

080　凡人佛语

081　写在白居易墓前

082　花的日程

083　女性有水性

085　写在林逋墓前

086　地球上只剩下两个人

089　惹草谣

091　你曾经躲过我

092　祭李白

093　你的背影

094　你可以说不

095　张家界速写

096　凤凰古城

097　蝶的自传

098　想起我在西藏骑过的马

100　爱情的标准

101　登华山

104　写在什川梨花诗会上

106　写在辛弃疾墓前

108　父亲和我

109　花伞

110　灾区的小花

112　写在刘禹锡墓前

113　写在杜甫墓前

114　春天的欺骗

116　枯树

117　青稞酒的品格

119　迟到的或者新来的燕子

121　沉淀

123　无法返回

124　月落

125　夕阳

126　生日表白

128　最后一朵

130　赶在冬季之前

131　雨与雪

132　哭抒雁

134　水边看树

135　你敢不敢到马鞍山来

137　不醒之梦

138　烈日依旧

139　枣之忆

140　泣送陈忠实

142　家乡的黄河

144　乡村之冬

145　一滴雨

146　王宝钏手中的那截缰绳

149　汉字的羽毛

阿妈，你不要远送

雷雨响在山头
红旗迎着狂风
我们就要出发
阿妈，你不要远送

松开我的手吧
放开我的战马
记住我们的姓名
不要过分牵挂

啊，暴雨打湿了你的衣衫
狂风吹乱了你的头发
前面雪山重重
阿妈，你不要远送

多少下雪的日子
你给我们送饭送茶
多少寒冷的夜里
你在我们床前点起炉火

我们帮你开下的荒地
青稞已经发芽

我们播种的荞麦
将要在你们的门前开花

我们去铺平
那风雪漫卷的冰河
我们去劈开
那雄鹰也不能飞过的山岗
要把这宽阔的公路
直修到祖国边疆
从拉萨的街道
到天安门广场
阿妈，你都可以自由地来往

在公路经过的地方
土地就和黄金一样
牛羊越来越多
姑娘穿上彩色的衣裳
孩子愉快地走进学堂
新的城镇亮起电灯
夜里也不落太阳

远处的树林上空
密集着云层
阵阵的闪电
显出了阿妈的身影
我们向她摆一摆红旗
阿妈，你不要远送

1954.12

紫丁香（组诗）

藏布和巴珍

黑色的山石，
灰色的水波，
江水从云雾中滚来，
悬崖在云雾中生长，
啊，发狂的怒江！

露水盖着青草，
雾气还没有散消，
西岸上，是谁家的羊群，
来的这么早？

太阳已经落山，
明亮的星挂在天边，
东岸上，是谁家的羊群，
回去的这么晚？

怒江的水，
阻挡着两个羊群；
藏布和巴珍，
永远不能靠近。

但是，他们的眼睛，
他们的歌声，
却闪过怒江的浪涛，
结起了解不开的深情。

风，吹送着歌声，
也吹送着爱情的火焰，
从羊群里，从江水上，
从东岸扑向西岸，
从西岸扑向东岸。

两岸情歌

"巴珍，你像天上的白鸟，
何时能落在我的身边？
你像天上的彩虹，
何时我才能走到你的跟前？"

"藏布，山上的白云虽然走得慢，
快马也难以追赶；
只要我们情投意合，
江水也不能阻拦！"

"好马要是遇见青草，
也会抛开了主人；
怒江的水千年不退，
你会不会变心？"

"不能行船的江上，
鸟可以飞过去！
我们勇敢的爱情，
和山一样长存！"

"夜里做梦我常看到，
紫丁香花铺成了天桥。
我们把羊群赶在一起，
我们两家人搬在一道。"

"可是当我醒了的时候，
母亲愁苦地守在我面前，
只听见江水响得怕人，
羊群凄凉地叫喊。"

"巴珍，在梦中我和你做伴，
醒了却仍分隔在两岸。
起初我感到心里很甜，
现在，我再也耐不住焦急和心酸！"

"如果我能得到神仙的宝刀，
我一定把江水砍断！
如果我有菩萨的力量，
我要拿山峰当桥板！"

"藏布啊，你告诉我！
是谁造了山峰？
是谁造了大河？
是谁给了我们爱情？

又把我们折磨？"

"巴珍，你说什么？
再深的江水也会干！
再硬的石头上也会开花！
为什么你歌声里带着哭声？
为什么叫我的羊群也为你难过？"

冬天的故事

冬天来到怒江，
云雾洒着冰霜。
山峰被雪盖住，
黑夜渐渐变长。

巴珍剪下最好的羊毛，
要给藏布织衣裳。
天黑织到半夜，
半夜织到天亮。

三个长夜里，
她抵挡了多少阵风霜！
每织一根线，
都念着藏布的名字，
都想着藏布的模样。

"藏布啊，我怎么交给你呢？
你怎么才能穿在身上？"
她偷来了祖父的弓箭，

箭头上绑着羊毛衣裳。

第一箭力气不够，
衣裳落进了水流，
她又织了三个长夜，
眼泪都织在里头。

第二箭用力过猛，
弓箭折断在江边。
她跑遍了森林和高山
请老猎人又造了一副弓箭。

第三箭射到了江西，
藏布穿起了新衣。
这时候，大风雪刮起来了，
歌声就再也听不仔细。

走向江水

"大鹰啊，请给我藏布翅膀！
山峰啊，倒下！
快把江水阻挡！

"巴珍，
为什么你老是含泪看着我？
你的眼睛，
是不是露水做成？

"巴珍，我看见了，

你那鲜红的衣袖，
在风雪中飞舞，
在我的眼前飞舞……
哦，你张开了双手走来了，
朝着我走来了！

"看，面前是一片平地，
紫丁香铺着小路，
江水已经干涸了，
我们终于盼到了相会的时候。"

巴珍从这边走去，
藏布从那边走来，
江水吞没了他们，
他们爱恋的激情，
却像江水一样永远奔流。

看，在两岸的悬崖上，
已长出来两棵紫丁香，
他们的羊群静静地望着它，
像从前守在他们身旁……

若千年以后

月亮走出来了！
好酒端上来了！
我们都团圆了！
弦子也响起来了！

怒江钢桥的影子，

在静静的水上飘摇。
解放军士兵的影子，
站立在水上的钢桥。
紫丁香开放在桥头，
士兵常望着它微笑。

一齐唱歌吧！
唱着喝酒吧！
唱那石崖上的两棵丁香花，
让它四季盛开吧！
唱给守桥的同志听，
在这山谷的月夜里，
别让他感到寂寞。

跳吧，唱吧，
按照我们的风俗，
按照我们的礼节。
要是谁爱上了谁，
要是这里不方便，
可以到江那边去谈话。

请你们过桥的时候，
备上三碗好酒。
一碗敬给守桥的士兵，
一碗洒在丁香花前，
第三碗，
你们两个人自己喝吧！

　　　　　1954.7.27 西藏波密

致田野

田野上的花朵
像妻子的刺绣
是在欢迎我吗
迎着春风点头

啊，我亲爱的田野
你，祖国的衣衫
假如把别的土地
铺上十公尺厚的黄金
我们也决不和它交换

我歌颂过白发苍苍的珠穆朗玛峰
结交了不少的边防士兵
战士的脚步是开阔的
正像他那怀满了
对祖国的爱情的心胸
现在，我又看见我的田野了
农妇在田里走着
我多么熟悉那些在树林中
晃动着的故乡的头巾

噢，起风了

风很大，但是没有灰尘
我干脆摘下帽子
把头发让它吹吧
假如我的头发能变成垂柳
我要叫它在这里生根

　　　　1955.05 拉萨—成都

大雪纷飞

一

江卡呀！
我的江卡！
好大的风雪啊，
我走了……
你，听不见我的话。

天上的大鹰，
迎着风雪飞，
是为了振奋自己的羽翼，
它越飞越高，越飞越远，
没有悲哀，也没有牵挂。
而我呢？江卡！
主人的急令，
不容我回头，
我不能和你告别，
我只敢偷偷地
念一声你的名字。
大雪飘落着，
我的脚印，
转眼就被淹没。

我们的父母，
不都是在出差的路上，
白了他们的头发？

当月亮升出故乡的湖面，
我不能再到湖边来了，
你也别再来找我；
再不要像呆了似的，
望着我来的小路，
等啊，等啊……

主人派我上冈斯拉。
主人听说，
那里有最好的羊群，
羊毛长得像柳条，
白得像雪。

冈斯拉，
传说它非常遥远。
一路上有狂暴的风雪
和陡峭的高山，
但是你不用挂念；
我们是在风暴中一起长大的，
你心爱的姑娘央瑾，
会和你一样勇敢。
我替主人找到最好的羊群就回来，
我把羊皮样子交给主人，
那时候，不等月亮出来，
我们就到那清澈的湖边，

坐在石头上，手拉着手，
直到天亮，
直到我背水的时刻，
直到主人呼唤……

故乡平静的湖水，
风一吹就皱了；
当我和你别离的时候，
我的心就乱了。

虽然这不是第一次分别，
也不会是最后一回，
可是我一想到
这是迎着风雪向西走，
就止不住我的眼泪。

江卡，
松树移到石头上，
到死也还是松树！
哪怕我们要有一千次别离，
背水的姑娘央瑾，
大眼睛的央瑾，
嘴唇像野樱桃一样红的央瑾，
她总是你的……

晚上，
当你打柴回来，
当你知道了
我出差到冈斯拉的消息，

千万别怪我来不及看你。
我是人家的仆人，
不能随自己呀！

二

我刚走完了
一道荒凉的山谷。
在那里面，
荆棘挂破了我的衣袖，
并且常常有不怕人的
花毛的小鸟，
飞落到我的肩头。

现在，
我又能看见，
大片大片的阳光了。
在我面前，
出现了一个村庄。
这是我几天来，
第一次又看到炊烟，
和一群群晚归的牛羊。

这里没有湖水，
也没有我的主人家
那样高大的石墙。
不知道为什么，
我却觉得，
它像我们的家乡。

当我想到故乡的时候，
总是想念你；
当我想到你的时候，
总是想念故乡。

难道我是孩子吗？
为什么这样想家？
甚至家乡的湖上的一个波纹，
回想起来，也对我充满了柔情；
家乡的一片树叶，
对我都十分亲切。

翻遍世上的山，
走遍山间的路，
有几个像家乡那样美丽的湖？
在洒满阳光的湖面上，
波浪轻轻一跳，
就能碰着垂柳。

还有那棵老松树，
树根伸到了湖心；
树枝插入了云头。
就是落上一百只鹰，
也不过像雨点儿掉到湖里一样，
连眼力最好的人也要发愁。

江卡呀，
可惜咱们的湖，

不懂得咱们的苦。
它老是那么美，那么平静，
像一面蓝色的镜子，
让周围的雪山做它的镜框，
让白云的影子在上面浮游。

夏天，
在湖水的边沿，
飘过主人们华丽的衣衫，
他们手里拿着
水晶石做柄的太阳伞，
悠闲得真像神仙。

岸边，
那些破旧的土屋上，
上升着断断续续的炊烟。
满脸皱纹的老阿妈，
坐在石头上，
在雪风里淌着眼泪，
为孩子的衣服捻着毛线。

有时候，
你沿着湖岸来了，
我先看见了你的影子，
却故意背过脸去
向湖里扔石子儿，
直到你叫我一声"央瑾"！
你责备我说：
"难道你讨厌我了吗？

为什么把我湖里的影子打乱？……"

我越往西走啊，江卡！
越是想念故乡，
就越觉得我该出嫁啦。
为什么我没有对你说过
我要嫁给你呢？
唉！我的江卡！
连好心的阿妈
这样问我的时候，
我都没有回答。

三

我走累了，
就在路边坐下来，
静静地仰望一会儿天空。
白云，昨天是向西的，
今天，它又向东飞行。
看到这些我忍不住高兴，
白云不正像是我吗？
在离开故乡的路上，
不久又会印上我回家的脚印。

现在，月亮落了，
我停止了一天的行程。
为了不被冷风吹醒，
我住宿在一个不深的山洞。

不知道为什么，
我忽然变得这样
爱凝视天空？
从青石洞口，
我望见了一颗星星，
我确信故乡
就在这颗星星的下面，
似乎我已经看见了
它那在湖里的倒影。

现在，有谁能告诉我呢？
这颗星叫什么名字？
也许因为它不大，也不太亮，
就连最熟识星星的阿妈，
也没有讲起过它的故事。

江卡！
你也在看着这颗星吗？
这颗星就是我的眼睛。
它不大，是因为我离你太远，
它不亮，是因为我太伤心。

如果你一夜都在望着它，
我也望它一夜，
那我们这一夜
就算是没有分别。

如果你正在烧着牛粪炉子，
或是又在缝补你

打柴划破的皮靴；
江卡，那就是说，
你没有看见这颗星，
你也许没有想到我。

不，你会想着我的，
并不是因为你发过誓言，
你，比什么誓言都更可靠。
你对我的真心，
就像高高的雪山，
任凭狂风暴雨吹打一千次，
也决不会动摇。

你的心思，你的苦恼，
你的眉头一皱，
那是在想什么，
大眼睛的央瑾我全知道……

你说，
为什么越怕分别的人，
越是要分别呢？

江卡，我无论走到什么地方，
总是想起你，想起家，想起阿妈，
想起故乡的湖，
想起土屋上的炊烟，
想起卓玛的山歌，
想起你穿着旧皮靴，
拖着沉重的脚步，

从我的门前走过。

我是一个女仆，
每天都出入主人的大门，
可是为什么，
除非看见了华丽的楼房，
总不会想起主人？

如果我走得更远、更远，
我会完全忘记了他们。
江卡，这样不对吗？
我认定，
一个善良的姑娘，
对自己的感情应当信任。

睡不着觉的时候，
总是爱胡思乱想的，
我不愿再乱想下去了。
为了让自己安静，
我凝视着那颗星。

看啊，看啊，
渐渐的，
那颗星星没有了。
是它在什么时候，
变成了流星吗？
还是我闭上了眼睛？
啊！好冷啊！好困！
漆黑漆黑的夜呀！

没有了，那颗星，
星……

四

我病了。
但是，江卡，
你不要以为我病得很可怜，
不要以为我无人照应。

我病在一个好心人家里，
他是一个老人，
没有儿子，也没有女儿，
眼看就是走不动的人了，
却依旧孤苦伶仃。

不，他说他有过一个女儿，
名字也叫央瑾，
不过她五岁上就得病死了，
紧跟着她那死得更可怜的母亲。

老阿爸对我说，
如果他的小央瑾不死，
现在只比我小一岁，
也许正和我今天一样，
被主人派到远方去，
病倒在荒山野林。

不知是什么神，

为我们安排了同样的命运！
江卡，我第一次想到
我们未来的儿子
还得去当仆人。

对于这位老阿爸，
我不愿谈到我们的离别，
也不敢说思念亲人，
他的头发已经全白了，
我生怕伤着他的心。

我甚至想到
我可以做他的女儿。
但我不敢说出来，
因为我身上有主人的使命，
病好了还要登程。
老人已经尝够了
生离死别的痛苦……
江卡，我真说不清楚，
我现在的心情。

夜里，大雪飘着。
我发烧烧得口干舌焦。
我忍不住哼了一声"我要喝水"，
老阿爸是那样机警，
立刻爬起来，
披上羊皮袄，
背起水桶就开门走了。

我没有力气阻止他，
我强止住呼吸听着、听着，
听见他正用石头，
在风雪中的冰河上敲。

可是啊，江卡，
他至今不告诉我他的姓名。
他皱紧了眉头说，
生活恼怒了他！
他不愿让任何人知道，
有他这样一个人曾经活过。

我哭了，
不是因为病得厉害，
而是怕听他的话；
怕听他那充满了诚恳
但是绝望的声调，
那声音苍老而又沙哑。

现在，大概又已经是半夜了，
我的病已经转好，
我悄悄地向屋子里望着，
黄色的酥油灯火，
还在离他的白发很近的地方闪耀。

在他身旁，
我的已经空了的皮口袋，
被他添满了糌粑，
一条风干了很久的羊腿，

在袋口上插着。

他已经为我的启程，
准备得十分周到。
江卡，你也记住他吧！
记住这位好心的
无名的老阿爸！
等回来的时候，
我一定再来看他，
吻他的皱纹！
吻他的白发！

五

穷人家的姑娘，
是买不起镜子的。
今天我在小河边上照了照，
才知道自己瘦了。

你的央瑾逐渐消瘦，
并不是因为吃不上酥油，
（在家里，一年又能吃几回呢？）
而是她心中忧愁！
谁能知道，
这里离冈斯拉还有多远？
难行的山路，
何处是尽头？

走哇，走哇，向西走，

山沟没有了流水，
山上没有了树木，
一连几天看不到炊烟，
有时候，过路的乌鸦
凄惨地叫几声，
好像在嘲笑我说：
啊，可怜的姑娘，
为什么这样孤独？

太阳落了，月亮又升起，
我只愿向西，向西！
地上连草根都找不见了，
江卡，我真想放声大哭，
冈斯拉！
它还有多远？
主人要我找的
最好的羊群啊，
又在哪里？

主人会欺骗我吗？
啊，有谁会对我存着坏心？
我，央瑾，
什么时候，
欺骗过别人？

江卡呀，
我突然想到了珠金，
我不禁两眼发黑了，
恐惧，占据了全身。

珠金侮辱过我，
他强迫我收下
那条绣花的围裙，
并且骂你是恶鬼转生。
想到他，想到这个
真正的恶鬼，
我就气得发抖，
你知道，我把裙子撕得粉碎，
当时，我顾不得他是主人的亲信。

主人派我远行，
难道是他的主意吗？
难道是他存心要折磨我？
难道是珠金这恶鬼，
不想让我和你成婚？

不对，他没有主人钱多，
他收买不了主人。

一路走着，想啊，想啊，
我想起来啦，江卡！
我的主人他说过他认得你，
他说你是一头好牛，
但是他说：除非央瑾为主人立下大功，
不让她离开主人的家门。
他说我在和你成婚以前，
必须尽完仆人的责任。

是的，他说过这些话！

虽然说了很久了，
今天差我到冈斯拉，
就是要实现他的话。

啊，江卡，
你看我这么傻！
走了这么远了，
才猜出主人的好意，
才明白，将来回到家，
会得到怎样的快乐！

孔雀在河边喝完水飞了，
才想到河水是甜的；
你的姑娘央瑾走到远方，
才知道回去就要出嫁。

主人的骡马有千百匹，
都有别的用处；
主人没有给我马骑，
我比马走得更疾。

等我为主人立功回来，
等我做完了仆人该做的事，
那时候，
央瑾就不只是你爱恋的姑娘了，
央瑾就成了你的妻子！

看前面云雾飞腾，
好像海水一样；

积雪的山尖，
直立在云雾之上。
江卡，
那就是冈斯拉！
风啊，你刮烂我的衣衫吧！
你吹乱我的长发吧！
你尽管想着推倒我吧！
我要走！蹬着岩石，爬着峭壁，
我要走完最后的一段路，
然后，噢，多么好哇！
然后，就可以回家！

六

……
江卡，你瞧着我笑什么？
主人的好意我猜着了，
你的央瑾回来了！
不知道为什么，
经过长久的分别，
见过了陌生的人家，
回到你身边，
倒越发害羞啦。

你往湖里瞧瞧，
我的眼睛不敢直着看你，
我的脸红得像牡丹花。
在湖边，在树林中，
啊，江卡，那是什么？

别说了，我羞死了！
阿妈，我要谢她一万次，
她为我们两个，
织了一座多么漂亮的帐篷！

不久，我们会有自己的牛羊。
主人因为我立了功，
再不会差我远行。
江卡，
白天我和你一起上山打柴，
晚上我们一起听阿妈讲星星。

我刚回来就要出嫁，
连换一条新裙子都来不及。

月亮上升的时候，
我们就是夫妻了。
等不到明年今日，
我就会当母亲了。

啊，当母亲？
这有多么怕人！
我能行吗？
我会做母亲吗？
我？大眼睛的央瑾？

江卡，
你为什么老是对着我笑啊？
难道你猜出了我的心情？

不，你猜错了，
我并没有怕，
我能做一个
善良温柔的母亲。

你看，
新帐篷里的酥油灯亮了，
湖上映出了第一颗星。
阿妈在呼唤我们，
参加婚礼的客人已经来临。

沿着湖边回去吧，江卡！
你说，
我真的是你的妻子了吗？
你怎么老是看着我笑，
不点头，也不回答？

七

刚才，冻僵在雪山中的央瑾，
在返回故乡的幻觉里，
度过了她短短的一生中
最后的时刻。

大雪到处飘落着，
究竟在哪里呢，
央瑾要找的羊群？
到处飘落着大雪，
它在哪里啊？

央瑾要找的冈斯拉！

大雪淹没了她的衣裙，
大雪埋住了她的手臂，
渐渐地，在风雪中，
只能隐约地看到
一根红色的头绳……
啊！大雪纷飞！

1957.01.21—26 夜于拉萨

明月出草原

明月出草原
几乎碰着了脚尖
像一碗酒
灌醉了牛羊
像一碟水彩
染黄了我的衣衫

草原真是爱打扮
夜间也戴金耳环
如果不是我还醒着
这美景谁能看见
虽然在水边
有一个青年走动的身影
但他焦急等待的
显然是另一种月圆

1963.09 玛曲

雪 恋

夜，好静
风，无声
任思念和雪片
交织在长空

我爱雪
胜过春天的花
夏天的雨
秋天的月明

我爱雪
是因为爱它的故乡——西藏
啊，这不就是西藏的雪吗
仰天望去
隐约地显现出银色的群峰
军帽的红星

在边防哨位上
雪花，像慈母的发丝
从钢盔上滑下
在面颊上消融
是无言的叮咛

西藏的雪
埋葬过"探险家"的尸骨
冻裂过领主们的刀剑
滋润着翻身农奴的春耕

啊，雪呀
你是西藏的圣洁的衣裙
你是我的诗歌的精灵
只要西藏有雪
只要我的血管里有血
就会红白相映

夜，好静
风，无声
凝望着漫天的飞雪
它不正是从我的心头
喷射出的万朵礼花么
这礼花
在庆贺西藏的新生

1963 冬　于兰州

莫高窟秋风

古汉桥的栏杆吹着口哨
悠闲地模仿着羌笛的音调

杨树林却激动地大声争吵
像秦王破阵般地喧嚣

九间楼的飞檐上铁马叮当
是驼铃又响在汉唐古道

洞窟顶上一阵阵薄雾似的流沙
像挂帘忽垂忽卷　时现时消

宕泉河吃力地学着结冰
鸣沙山依旧把它当镜子来照

柳条柔中带刚地甩开
正就是胡旋女飞舞的辫梢

老学者翻阅着手抄的文书
满阶的落叶到底比经卷还少

讲解员浮游在崖洞的甬道

花围巾和香音神的丝带一同在飘

舞蹈演员住房的烟囱口青烟飞绕
练功衣紧裹着古波斯的线条

举着照相机的女士在选摄洁白的巧云
敞开纽扣的登山服像红色的棉桃

穿和服的老人穿过丰收后的梨园
在壁画前把文化的源头细找

我的脸上泛起红叶般的微笑
构思出这一幅淡淡的素描

                1980.11.05　于敦煌

药王山

千百次地望过你的身姿
却没有攀登过一次
不是珍惜时间或力气
而是想保持你在我心中的神秘

如果到达了你的峰顶
整个拉萨就会一览无余
固然可以得到高度概括
但却失去了想象和含蓄

让拉萨怀抱中的你
成为我解不开的题
让你睫毛下的眼神儿
成为我猜不透的谜

1981.07.04　于拉萨

西藏的云

爆炸了一颗
用黑墨汁制成的原子弹

不会弹棉花的人
把白絮崩得七零八散

一条又粗又长的哈达
挂在山岭的腰间

把太阳藏匿起来
亮点都是疑点

海潮倒立
怒浪滔天

怪兽相斗
昙花一现

淡淡的写意画
扬帆的航船

刺天的仙人掌

垂天的葡萄串

诗匠在云下临摹
诗人在云上涅槃

1981.07.09　于拉萨

游塔尔寺

穿着青海的风
戴着西宁的雨
塔尔寺　我来看望你

五岳归来不看山
我还是爱看西藏的山
西藏归来不看寺
塔尔寺　我还是要来看你
看到了你
黄教的六大寺院
我就看全了
像六颗星
已经在我的眼中出齐

虽然在藏　青　甘的大地
拉开着几千里的距离
雕塑　绘画　刺绣　刻印……
一旦成了
教义的图解　图解的教义
会是何等的相似

我惊喜过六大寺的艺术

我又惊奇于它们的划一
我拖着疲惫的脚步
踏上了归去的车子

冷的细雨
热的人流
交织着我的沉思

1981.08.17

八月的北大荒

湛蓝的天空，
金黄的土地，
趁视线不及
悄悄地黏在一起。

红色的拖拉机、头巾、旗帜，
三三五五，远远近近，
像花，像船，像鱼。

画八月的北大荒，
只用三种颜色就够了，
我心上却染透了绿。

1983.08　于北大荒

平　潭

海岸是石头的
楼房是石头的
路面是石头的
电线杆也是石头的
真正的"石头城"并不是古都建康
是台风中长大的平潭

白云是轻柔的
海水是温柔的
木麻黄的枝条是柔软的
棕色的微笑是柔情的
真正的相思并不浸透在红豆
是闪在秋波中的平潭

1984.04.14　于福建平潭岛

日光岩放歌

身下绿树苍苍
海上雾气茫茫

日光岩——岛上之岛
把我举向太阳

太阳——圆形的风筝
夜由谁收　日由谁放
那扯不断的长线
莫非就缠在岩上

岩上的风来自何方
鼓浪屿的浪为何轰响
人若寡情人易老
让时光等于风光

　　　1984.04.19　于鼓浪屿宾馆

我在西部行进

鞋底化不掉积雪
头发里抖不净沙土
纵然跌落的夕阳
砸伤了我的脚背
我还是向西走

天黑时，我不看
断墙和荒丘
合演的皮影戏
听一轮云海的明月
滚动着奇幻的节奏

我崇拜我的脚步
踏一下一个诗的题目
一滴血一丛红柳

飞天骑着天马飞了
母亲拉着父亲走了
我只是挥一挥手

江河的上游
水是冰冷的

岸是弯曲的
风是噎人的
我将大把大把的苦笑
抛入我追求的源头

1985.06.17

巴拉顿湖

春天陶醉在湖里，
湖陶醉在春天里，
其中也溶进了我。

哪是葡萄酒，
哪是巴拉顿湖水，
哪是喝的，
哪是看的，
都分不清了。

巴拉顿湖
是匈牙利的一只眼睛，
另一只眼闭着，
不知在什么地方。
但我心里明白，
它不愿睁开的原因。

　　　1985.05.04　于巴拉顿湖畔

伊犁的月亮

伊犁的月亮
是美女的头像
高高的白杨
是她的镜框

她向我闪着
柔情的目光
微笑的面庞
再没有忧伤

我借取洁白的云
送她做头巾
我拜托冬不拉
为她来弹唱

我明天就要离去
带走留恋的惆怅
我会永远记着她
她就是我心中的边疆

1985.07.25 于伊犁宾馆

致天池

我走了这么远的路
来看你这一池深水
仰慕你不曾失去的高洁
打破了水往低处流的常规
打破常规就是美

你为自己选择了
甘于寂寞的方位
依然躲不开
人们的追逐和包围

我来迟了
不能游进你的深处
只是踏着你岸边的石堆
跌跌撞撞地独自前行
让心上炽热的火
承受着雪山的风吹

我参与了
打破你的平静的行列
深深地向你谢罪

我再也不来了
你也不喜欢诗人
你本身就是诗
不愿做诗的点缀

1985.08.07　于乌鲁木齐

雨　中

我们坐在露天喝茶
下雨了，不算小
不必躲避

索性就喝雨吧
在人生的雨中
我们是不打伞的

等人散尽
等雨下完
我们听月亮擦着树梢的声音

　　　　1985.08.23　于兰州五泉山

峨眉山枯树

有的孤独地站着死了
有的合抱在一起死了

有的做着重新发芽的梦
有的斜躺下化作了桥身

有的强迫箭竹用尖尖的笔
写它无所作为的生平

有的裸露出奇异的根
呈献不须雕琢的艺术品

      1985.11.04　于峨眉山

雌性的大西北

大西北不是男儿国
你说是雄性的吗
我看是女扮男装

她的突起的双乳
和冰雪一样白嫩
滴出了长江黄河

胸脯上盖着开花的草原
轻轻地起伏
从不因发怒急促地呼吸

眼睛的湖
罩着松树的睫毛
遭到冷漠时
只是用微闭回答

她的小心翼翼的脚印
比骆驼的蹄印更浅
且总是穿着古代的鞋子

对于男子汉的追求

习惯于推推搡搡
连一碗水也不敢给
用白杨树钉起密密的窗棂
潜心做一名贞妇

压抑和愁闷
使她俊俏的脸上
添了沙漠般的皱纹
胭脂也淡化为沙漠的颜色

在寂寞的月光下
低头摆弄着沉重的衣带
偷偷地想象
自己也许会成为飞天

她的母亲般的慈祥
和女儿般的娇柔
都有些儿变态了
滋长了什么也听不进的固执

哦，大西北
该是新时代的女性
该去大胆地恋爱了

1985.11.10

路

有的路一辈子不会去走
有的路走一次就腻了
有的路愿意永远走下去

认准了地上的一条路
就像找到了天上最亮的星

认准是不容易的
也许在天涯海角
也许要耗费半生

认准了是幸福的
不在于达到终点
而在于途中的风景

1986.05.21

嘉峪关秋雨

沙漠上来的风
紧抓住祁连山下来的云
拧出一阵冷雨
白杨打了个寒噤

嘉峪关
像褐色的夜光杯
溢出了陈酒
透明得令人消魂

雨也纷纷
人也纷纷
古长城拉一下围巾
思绪被往事牵引

天有冬春
地有遗痕
醉而未醒时
不须谈论古今

1986.08.22

百年新诗百部典藏

九寨沟的原始森林

九寨沟尽头的原始森林
是标在旅游图上的最后一站
人们的目光和镜头
只能瞄得到它的边缘

各处的风景点路已踏烂
唯有这森林完整而自然
越有深度越是寂寞
在寂寞中逃避了肤浅

1987.10.10　于九寨沟

珍珠滩瀑布

滚圆的透亮的流水
被誉为珍珠
珍珠是珍贵的
它们却齐声呐喊夺路而出

跌下去　不惜粉身碎骨
才形成壮观的瀑布
才引得游人驻足
而蹑手蹑脚的小溪
总抱怨被人疏忽

1987.10　于九寨沟

并肩前行

阳光下并肩前行
影子没有年龄

只看自己的路
不看别人的眼睛

短暂的路在脚下
永恒的路在心中

纵然飞不起来
也拥有一个天空

1988. 05. 29

我是冬麦

我是一粒冬麦
从神农手中传来
黄河长江灌溉
九州之土孕胎

我是一苗冬麦
翠绿坚挺却把花期改
任叶片枯黄　冰封雪盖
那向下之根似潜龙深埋

我是一棵冬麦
返青时向春光敞开胸怀
学凤凰涅槃不是悲哀
给大地母亲添一穗风采

1990.07.13

桂林漫步

一抬头一座山
一低头一道水
一伸手就摸到色彩
一抬脚就走进风景

画面填得好满
眼睛累得好疼
太美了会使人昏迷
昏迷成会呼吸的象鼻山
再也离不开桂林

1991.05.11　于桂林甲山饭店

佤族舞蹈

没见过云南的西盟
就像没见过展翅的雄鹰
那佤山上的山城
紧钉在祖国的边境

没看过佤族的舞蹈
就像没见过雨后的彩虹
那振奋山林的木鼓
敲得人失去了年龄

从山洞里走出来的男人
和山一样坚定
从山泉里流出来的女人
和水一样柔情

项圈用圆月画成
衣裙用百花缀成
站近了是天池的仙女
走远了是幻化的梦境

甩开乌黑的长发
黑色的火焰窜动

乌云飞舞　瀑布奔腾
满头都是山风

我揣走了一片春叶
西盟留有我的身影
叶子不开花也不结果
身影却成了深埋的情种

1992.04.11　于西盟

汨罗江边

屈原在这里跳下江去
神州大地也停止了呼吸
为正气上升而自身下沉
中国的好诗从此喷涌不息

屈原在这里沉入江底
汨罗江爆出了一个真理——
丑恶的上升者在唾骂中下沉
伟大的下沉者却高高升起

　　　　1992.09.23　于湖南汨罗

游沙湖

沙要推进
水要反攻
在贺兰山下
展开了持久的战争

水　积成了大湖
沙　垒成了山岭
芦苇是绿色的长矛
骆驼像游动的哨兵

沙不会后撤
水不能取胜
对抗转换为对应
均衡结构成风景

　　　　　　　　1993.05.24

醉 吻

你酒醉八分，
找我接吻。
酒对于人的作用，
真是莫测高深。

是酒增添了你的勇气？
显露出你的真心？
还是发酵了你的轻狂？
暴露出你的灵魂？

你不清醒我清醒，
你像河一样淌，
我像山一样稳。

如果你能把我吻醉，
我能把你吻醒，
那才是真正的情人！

1993.09.22

钥　匙

我的钥匙如此之多，
都没能打开你的心锁，
它天天发出叮当的响声，
使我的生活更加寂寞。

钥匙上的希望已经生锈，
又空自默默地进行打磨。
不在岁月的河流中沉没，
就在锁孔中固执地断裂。

1994.07.28

中国情结

在我出生之前，
中国一次性地选择了我；
我在出生之后，
一千次地选择了中国。

在我出生的地方，
有景山还有北海；
在我生长的地方，
有泰山还有黄河。

苦难的童年在枪声中度过，
一切欢乐都套着枷锁。
于是红旗下多了一个爱诗的少年，
战斗的诗应当穿上军装去写。

离开了北平她才改称北京，
西进途中才听到了国歌。
我看到不愿做奴隶的人纷纷起来，
开始了连阳光也发出香味的生活。

我曾站在瑁洲岛外的船头，
看七彩的海水共朝霞一色；

我曾坐在藏北的大草原上，
看雪山顶初升的明月。

早晨三点钟珍宝岛就醒了；
晚上十一点伊犁河日头刚落，
我们的国家是这样精力充沛，
每天只有四个小时的黑夜。

我在祖国大地上不停地奔波，
黑发中的白发逐年增多，
深深浅浅的脚印有的成熟了，
要感谢新途旧路的曲曲折折。

我赞美百花盛开的原野，
苍蝇复活不是春天的过错。
中国人争先恐后地向贫困告别，
中国的时钟谁也无法倒拨。

我是一只结了茧的春蚕，
心中有个解不开的情结，
我把这土地上的花朵，
都看作是自己的鲜血。

当我越出国境远飞国外，
我的心却向天安门急切地回缩。
当我辞谢蓝眼睛朋友的挽留，
我说：我的祖国在想念我。

我抵不住黑眼珠的魅力，

我摆不脱黄土地的诱惑，
一声京剧、一滴川酒就能醉倒，
中国，是一条我游不够的爱河！

1994.09.11

中国人单恋月光

有了月光才有了夜景
水晶般透明
秋水般清冷
薄雾般朦胧

中国人爱恋月光
才描画飞奔的嫦娥
倾听伐桂的斧声
编织李白投江的故事
嘲笑吴牛混同了圆形

中国人爱恋月光
才睁着不眠的眼睛
思乡的叹息如丝
思亲的泪花晶莹

中国人爱恋月光
不管是弯弯地坠落
还是圆圆地上升
付出世代不渝的感情
美好而又真诚

知道了月亮不会发光
仅仅是反射太阳
看到了登月电视
毫无生气的景象
逼迫想象退化
神话消亡

感情付出了不要补偿
何况她不改妩媚的形象
中国人宁肯单恋月光
一如往常

1995. 02. 17

长沙的热

热得这样湿
热得这样绿
热得这样圆润
热得这样柔情

扑到热里去
像扑进盛夏的海
浪花悄声细语
给你一种心中的凉爽

我本习惯高寒
到此却不渗一滴汗水
是长沙的热
补偿了我半年的冰冷

1995.07.26. 长沙蓉园宾馆

刮　脸

这张脸实在辛苦
想笑时忍着笑
想哭时不敢哭

模样儿不由自主
无形的手常来光顾
说不定画什么脸谱

人生舞台的角色
事先从不公布
谁知道演哪一出

策划者永无错误
执笔者享受保护
观赏者表情丰富

狠狠地刮吧
好比是刮骨疗毒
露出我本来的面目

1995.09.24

圆明园残存的石头

圆明园残存的石头，
有花纹，有字迹，有重量，
只是失去了生命的形状，
全部是非正常死亡。

尽管地上有春天，天上有太阳，
岁月的河流不断地流淌，
它们却凝固成巨大的冰块，
不化，不裂，一声不响。

别移动！别复制！
就让它呆在错位的地方，
就让它带着原本的创伤，
永远冰在、压在我们的心上。

1996.03.02　于圆明园

遗　憾

我要把酒斟给你
你的酒杯已满
等你把酒杯腾空
我瓶中的酒已倒完

　　1997.08.03　于拉卜楞

登上阳关

汽车轮子在沙窝中原地空转
我只好用双脚踏沙登攀
那头顶之外　　蓝天之内
正是梦想已久的阳关

一层层黏土一层层芦苇
夯实成一座塞上雄关
矗立在大戈壁的乳房上
像一顶遗失了的皇冠

登上阳关　　迷了双眼
难见全瓦　　难见整砖
不识故人　　不识新人
不辨从前　　不辨眼前

登上阳关　　醉了心田
天也无边　　地也无边
风也茫然　　云也茫然
沙也无言　　人也无言

登上阳关　　自然入禅
七情如烟　　六欲如烟

静了空间　停了时间
嘘
西部魔地是阳关

1998. 02. 15

凡人佛语

一切都会过去
像江河不停地流入大海
一切都会到来
像秋天叶落，春天花开
欢笑也罢，哭泣也罢
都会被时间掩埋

希望的路灯时明时灭
引人前行又使人徘徊
回忆的闸门半开半闭
引人留恋又使人悲哀
面对荣辱，面对成败
保持个平和的心态

一切都会过去
一切都会到来
去了的，就是燃尽之柴
来了的，不能拒之门外
永恒的
是心中对爱的崇拜

2001.05.17

写在白居易墓前

你一直在白园里静卧
忍受这僻静的寂寞
争跳龙门的鲤鱼
也已经远离了洛河

每一个暖冬
你忧虑卖炭翁的生意
每一个春寒
你牵挂原上草的复活

浔阳江上妓女的琵琶
弹湿了你的青衫
马嵬坡上美女的血泪
染红了你的长歌

你写给元稹的书信
使我的笔尖发热
也使我浑身发冷
诗海的泡沫太多

2001.09.29

花的日程

为了享受春天
花的日程排得很满
和每一缕阳光约会
和每一滴雨露交谈
和每一只蜜蜂签约
和每一只蝴蝶联欢
伴每一阵风跳舞
向每一颗星飞眼
直到凋谢的那个黄昏
融入七彩晚霞间
没浪费香艳半点

2002.06.22

女性有水性

——《老子》第七十八章："天下莫柔弱于水，而攻坚强者莫之能胜。"

女人是水做的
因此女性有水性
水的浮力很大
能把巨人漂起

水流来得很快
流去得很快
即使流成激动的旋涡
也不会停留多久

只要礁石不惹它
只要不跌成瀑布
水声是悦耳的
像隐约的轻音乐

上善若水
智者乐水
水性和杨花不同

最棒的和最狠的男人
都斗不过女性的水性
俗语叫美人关

水是柔的
柔能克刚和以柔克刚
成了千古的哲学

女性有水性
悲剧才会精彩

2003.01.11

写在林逋墓前

你活在天堂杭州里
开门就看见西子
就连峨眉山来的蛇仙
都耐不住断桥的春雨

你却能断绝尘念
一辈子不做官吏
二十年不进城市
在湖边的孤山隐居

你把你种的梅花
看作你的妻子
你把你养的白鹤
认作你的儿子

你的内心里有何积郁
能有谁知
你的长相思写的何人
终究是谜

2004.03.31

地球上只剩下两个人

地球上只剩下两个人
一男一女
没有第三者
连母狼和公牛雌蚊和雄蝇
都已经绝迹
他们无可选择地
爱得筋疲力尽
直到把对方看作
最后的亲人
唯一的仇敌

他们不敢多说话
对声带百倍爱惜
悲欢
诉诸眼神儿
交流
改用手势
生怕一旦哑了
地球上就再没有
人的言语

整个的地球

都承认他们垄断的
权力
包括南极北极雷电风雨
大海也朝他们涌来
"都归你了，拿去！"
各式各样的门窗大张着嘴
没有一颗牙齿
睡到哪里都找不到
邻居

清净的和污浊的空气
全由两个人呼吸
他们却一阵阵感到
窒息

一切活着的
都已经死去
一切死去的
都留在原地
货币和商品互不认识
土地和种子断绝了关系
火车是僵硬的虫
飞机是干瘪的鱼

他们日夜盼望
真能有
外星人前来袭击
将他们俘虏
把他们驱使

再发生一些什么故事
遭受鞭打也行
只要能打碎这难忍的
孤寂

他们不是亚当夏娃
也不是伏羲女娲
禁果早被人类
吃腻了
神话也结束了
骗局
地球上只剩下两个人
一个皇后
一个皇帝
文明到此为止
野蛮到此为止
野蛮和文明
统统
到此为止

2004.04.24

惹草谣

惹了荨麻草
火辣辣疼得受不了

惹了蒺藜草
踩到脚上甭想跑

惹了鱼腥草
虽能治病味儿不好

惹了狗尾巴草
心里窝囊常懊恼

惹了枯黄的草
一点感觉没法找

惹了含羞草
美妙情趣真不少

惹了冬虫夏草
挖到了地下珍宝

天涯处处有芳草
机遇在巧不在早

2004.12.30

你曾经躲过我

你曾经躲过我
用身体
只一秒钟
就保持了贞节

你的情
没有熄灭
熬煎了我许多年
用细火

2005.02.26

祭李白

我把整瓶的酒
倒在你的坟头
只能浇湿一小块土
消不了心中的万古愁
我们的下唇贴着酒杯
上唇却挂着无形的鱼钩

我从墓上采一朵小花
把诗的密码揣走
记着青莲不染污泥的美
和当涂永不萧瑟的秋

2005.10.26　于安徽当涂

你的背影

你的定格的背影
是一颗遥远的恒星
一旦转身朝我
我会涅槃于太空

你的站立的背影
是一瓶打不开的醇酒
只要啜饮一滴
就会迷醉一生

你的黑暗中的背影
是我的生命中的黎明

2005.11.17

你可以说不

你可以说不
也可以打我骂我
但我实在忍受不了
你的沉默

你是湖水
却投不进石子
你是深春
却紧闭着花朵

你的眼睛
只是用余光看我
你的身影
像扑不住的蝴蝶

我想挽你的手
你总是警惕地回缩
现在我明白了
你坐着一列理性的火车

2006.03.09

张家界速写

别处的山论座
这里的山论根

这里的山最直
这里的谷最深

刺绣湘西的天
是粗粗细细的针

石头缝里的树
是朵朵翠绿的云

天下第一梯一上惊心
天下第一桥一走失魂

张家界张开家门
迷倒了全世界的人

2006.04.24

凤凰古城

一座功成名就的城
一座出生不久的城

一座子孙满堂的城
一座还没有结婚的城

这是在沱江的游船上看到的
这是在沈从文的故居里听到的

那些石头城墙　石头台阶
竟然会那样的温柔

百年一游　一游百年
赏了美景　添了离愁

2006.04.26　于凤凰

蝶的自传

我的身子也像一个蛹
却会用翅膀思想
在漫长的无花的冬季
又能够飞向何方

我的花纹被说成毒刺
我的舞姿被视为张狂
于是把我捉进无边的沙漠
那里只有骆驼草和胡杨

如今蝶的翅膀已经老了
绚丽和光泽只能借助夕阳
用果实替代花朵
以秋色补偿春光

2006.05.07

想起我在西藏骑过的马

每当我想起初次进西藏
就会想起我骑过的那些马

屁股上烙着印子的军马
一听到枪声就容光焕发的马
头上结着红穗子的藏马
不再无偿的支"乌拉"的马
让我拽着尾巴上山的马
失前蹄把我撂下来的马
走着 S 形奋力爬陡坡的马
在草原上直线奔驰的马
整天在大雪山中吃不到一棵草的马
和我一起流着鼻血精疲力竭的马
在飞雪中变成了白马的黑马
看见同类的尸体会甩头流泪的马
用蹄子将山石敲出火花的马
狂奔回自家槽头的马
使我离家越来越远的马
肆无忌惮地追逐异性的马
老实得有些腼腆的马
始终朝西前进的马
知道我的青春重量的马

按照马的寿命测算
他们都已经成了骨架
竖起来可以搭一座凯旋门
横过来可以做国境线的篱笆
变作笔画可以写一部史诗
魂魄都融入了西藏的朝霞

2006.07.26

爱情的标准

恋爱时老想待在一起
高兴时盼望笑在一起
贫苦时钞票放在一起
富裕时把钱花在一起
相聚时身子贴在一起
分别时思念粘在一起
地震时赶紧抱在一起
有病时日夜守在一起
老年时回忆搅在一起
寿终时骨灰和在一起

2007.03.26

登华山

一

这一座光着脊梁
那一座露着胸膛
像一群赤裸的西北汉子
守护着自己的婆娘

雨点砸下来
是他们打腰鼓
霹雷响起来
是他们吼秦腔

华山的性格
只有壶口瀑布相像
华山的故事
只有兵马俑会讲

二

站在山上四望
华就是花
峰是花的模样

五朵含苞的莲花
为了回避污染
拒绝向天开放

不盛开就不会凋谢
华山之花
才永远暗香

三

无数的绝壁
光滑的石崖
在太阳下垂直地闪光

一望令人心惊
再望催人断肠
三望叫人绝望

从石缝里的草上
我看到了顽强
但不知根扎在什么地方

四

拔地而起的擦耳岩
像巨鲸的脊背浮出海洋
又像无遮拦的滑梯斜架天堂
测试攀登者的胆量

头朝上登上去
脸朝下爬下来
像一群会写字的蚂蚁
在做生命探索的文章

2007.04.01　于华山

写在什川梨花诗会上

梨树的海
一夜之间
涌动出
这么多的春天

还招引来一群
会写诗的蜜蜂
心灵的翅膀
在花前震颤

梨木坚硬得很
做成大车的车轴
在中国的土地上承重
旋转了几千年

梨花却娇媚柔软
如果沾上了夜间的雨
清晨阳光一照
就成了天仙

我是花的俘虏
而且不愿被遣返

看着花朵
想到她明天会凋谢
我很伤感

那就想她的果实吧
果实是花的涅槃

人
也是要结果的
不管是甜是酸

2007.04.19　于白银市什川

写在辛弃疾墓前

带着咱们故乡对你的怀念
带着咱们诗人对你的尊敬
仰慕你的"生前身后名"
我跋涉了几千里的路程

埋没在荒草中的路径
是如此的弯曲而又泥泞
我沿着古老的驿道
在风雨中沐浴南宋的凄清

我终于找到了你的石墓
它隐藏在深山的护卫之中①
你从不怕面对敌人的刀剑
一切伤害都来自自己的阵营

八百年日月的滚动
没有碾碎你心中的不平
抑郁的草和愤怒的树
都在发出金戈铁马之声

时髦的人们喜欢奇花异草
太多的青年追逐酒绿灯红

谁管它什么"人间万事
毫发常重泰山轻"

我踏着稻田的田埂
我坐进路边的汽车
我回到上饶的房间
默默无语泪珠晶莹

2007.5.26
于上饶市铅山县永平镇卢家村阳原山辛弃疾墓前

父亲和我
——纪念父亲逝世 50 周年

我在西藏当兵
他在青海工作
那是"三过家门而不入"的年代
彼此竟然再没有见过

那里山川如冰
父子豪情似火
我奉献了唯一的青春
他耗尽了最后的岁月

他的坟头长着青海的草
我的心头压着西藏的雪
那草一岁一枯荣
这雪能融一条新的黄河

2007.06.23

花 伞

雨很大
她让我躲在她的伞下
伞很小
丝绸上印满了美丽的花

她把花伞交到我的手中
竟自在雨中去了
除了恬淡的微笑
再没有留下什么

花伞早已卷起
我坐在阳光里
等待她来索取

她始终未再出现
我的无法归还的花伞
化作了蒲公英的飞絮

2007.08.11 于西宁青海宾馆

灾区的小花
——题地震中幸存女孩儿照

你是谁呀
大地震的幸存者
可爱的四川女娃儿

也许你
失踪了爱你的健壮的爸爸
死去了疼你的美丽的妈妈
温馨的家毁灭了
幼儿园也已经坍塌
你的书包
你的玩具
都埋在了废墟之下

你的脸蛋儿还来不及擦净
泪水却已经烧干
大灾大难
使你突然长大

你的紧皱的眉头里有一句话
不要牵挂　我不怕
你的紧闭的小嘴里有一句话
我会有许多许多疼我的妈妈

你的蓬乱的发辫里有一句话
我就是野火烧不尽的春草
你的坚定的目光里有一句话
我会去迎接明天的朝霞

好女娃儿
我久久地看着你
你这灾区的小花
你是顽强生命的象征
你是对于灾难的回答
看到你
就看到了不屈不挠的四川
看到你
就看到了自强不息的中华

2008.05.29

写在刘禹锡墓前

你望着西边的阴雨
转身说东边有晴
面对枯萎的病树
说前头有万木葱茏

不高的山可以有名
不深的水可以有灵
你的乐观主义的发现
溶解了多少人心中的冰层

感谢你这样的诗人
用诗句营养人生
从历史长河的沉舟侧畔
我们扬帆前行

2008.09.28 于荥阳

写在杜甫墓前

你诞生在笔架山下
深邃如佛窟的窑洞
你的始终瘦弱的身躯
肩扛着如椽的大笔
比十字架更加沉重

你为民间疾苦而生
生在民间疾苦之中
在饱含血泪的大地上奔走
一路撒下的诗句
每个字都在喊疼

在泥泞中我寻访了你的家
又在大雨中拜谒了你的墓
没有献花没有敬酒没有鞠躬
因为不论什么样的致敬
份量都太轻太轻

你把钥匙丢在哪里了
长安　秦州　成都　洞庭
我还是倚门而望
等待你回到家中

　　　　　2008.09.29　于巩义

春天的欺骗

白纸黑字的日历说
九九已过
节气在惊蛰和春分之间

天气预报宣布说
最低温度
从零下 2 升到了零上 3

鸟们奔走相告
花们欢欣鼓舞
仰望太阳的笑脸

敏感的迎春黄了
性急的小草绿了
催放了大朵的红玉兰

老天爷忽然变了脸
一转眼回到冬天
来了个倒春寒

地上沙尘暴
天上雨夹雪

人们缩成团

天真的花们遭罪了
轻信的芽儿流泪了
忠诚的草们心碎了

逆来顺受的柳条
韬光养晦的牡丹
躲过了灾难

2009.03.13

枯 树

窗外有一棵松树
枝叶早已经干枯
挺直着不肯倒伏

是泥土拒绝了它
还是它背叛了泥土
让我思索得好苦

偶尔有几只麻雀
落上来叽叽喳喳
像痛哭又像欢呼

2009.07.02

青稞酒的品格

青稞和高原在一起
是长穗子的雪莲
青稞和石磨在一起
是喷香的糌粑
青稞和雪山圣水在一起
就是大名鼎鼎的青稞酒

看到它
就看到了三江源头上
晶莹闪光的水滴
看到它
就看到了青藏高原上
人们无垢的心灵

青稞酒的皮肤是冰凉的
它的感情是热烈的
青稞酒的名字有个青字
它的内心是透明的
青稞酒的味道是特别的
喝一口就叫你旧情复发

人们都向往青藏高原

也都想尝一尝青稞酒
青藏高原撑了我的腰
青稞酒壮了我的胆
在祖国的西北方向
我只有回味，不再有遗憾

2009.12.15　于青海互助

迟到的或者新来的燕子

清晨在我的窗外
忽然闪过一只燕子
它的矫健的身影
比黑蝴蝶美丽

你为什么早些不来
你为什么姗姗来迟
花已经开败了
风也不再温煦

是谁阻断了春的消息
是谁使你误了归期
是苍鹰拦截了你的路程
是沙尘迷惘了你的记忆

天上下起了夏天的雨
你的翅膀可经受得起
我看不清你的面容
是坚毅还是苦凄

你也许是新来的吧
从远方流浪到这里

失去了原来的伴侣
试图再寻找新居

我无法让你飞进家门
不能给你配制单元门的钥匙
我无法让你在梁上筑巢
因为满楼都是钢筋水泥

季节已经紊乱了
呼吸就成了叹息
只有你的翅膀我的目光
保持着零距离

2011.05.11

沉　淀
——病床上的腹稿

我躺在医院
产生了沉淀感
沉淀在原位
在原位上沉淀
任地球怎样旋转
连指尖也不想动一下
身子全部瘫软

安静，绝对需要
视觉没有意义
色彩都不鲜艳
线条都很难看
听觉没有意义
温馨的声音讨厌
关心的话语都烦

诱惑死亡了
欲望泯灭了
高烧的昏迷
把现实搅成谜团
在空灵的境界中
自然而然地入禅

病好以后
我又会从沉淀中泛起
又会被人们托起
浮游在世俗之间
享受天使的微笑
忍受魔鬼的纠缠

2011.08.31　于甘肃省人民医院

无法返回

小孙女踢飞了鞋子
又站到我的床上
又让我给她垒一个窝
她又要住进去
当一只小白兔

我找齐了以前的建筑材料
被子、毯子、枕头、靠垫
还有一把做屋顶的大扇子
按照我原有的设计
做成了原来的样子

小孙女高兴地趴下
重温往日的记忆
一钻房子就塌了
她很失落
我也无可奈何
我说："你已经长大了"

2011.11.28

月　落

我拄着一根手杖
（不是权杖
也不是文明棍儿）
向诱人的远山走去

月亮的笑脸是金黄的
山和云泛起红光
簇拥着
把她迎进坠落

天空黑了
周身一阵寒冷
我用手杖敲下一颗星
挑成灯笼

有鸡在叫
但没有太阳升起

2011.12.03

夕　阳

有气无力的夕阳
像一个鸭蛋黄
有光无芒的脸上
七分无奈　三分哀伤

它没入西山之后
出现了陌生的辉煌
遍地的万家灯火
辉映着满天星光

甜蜜拥抱着神秘
轻松孕育着轻狂
白天被人遗忘
猫头鹰欢叫飞翔

另一个清晨到来
天地耀眼的明亮
夕阳忏悔了一夜
改名叫做朝阳

2012.02.15

生日表白

八十年前的今天我出生在北平^①
八十年后的今天我刚好回到北京
从朝阳门里到西直门外^②
是两万九千二百天的历程

中国诗歌学会的大会^③
恰好选择在这个日期举行
诗人的聚会为诗人的高平
漂亮地评价，在巧合之中

中国作家协会为我祝寿
这是我意外获得的殊荣
从沙滩北街到东土城^④
是我的第二个家，第二种春风

北京年轻了，但历史很老
我却变老了，但心很年轻
赤子之心两回被埋进雪崩
也坚持跳动，依旧鲜红

我已经经历了八十个四月
才明白四月的树梢上不都是春风

毕竟到处有红花，更有绿草
苏醒的大地终于告别了寒冬

我轻松，我一生淡泊名利
我坦然，我能够宠辱不惊
我弄不清我是八十岁还是八岁
我看到夕阳和朝阳绚丽相同

人的一生只有一个八十岁
有些人还没能活到这个年龄
我的未来都是黄金岁月
短征和长征一样峥嵘

我天天观察人民的表情
我的脉搏是时代脚步的回声
真正的生命和年龄并不相等
愿我的诗有一句能穿越时空

2012.04.05 　于西苑饭店朗诵

注：①我于 1932 年 4 月 24 日出生在北平朝阳门内北小街北弓
匠营 34 号的北屋。
②此次回京住在西苑饭店，位于西直门外。
③是"中国诗歌学会第三次全国代表大会"。
④此两处是中国作协的先后地址。

最后一朵

昨夜的秋雨
敲我的玻璃窗
说你正在绽开
你背对阳光
特意朝向我
等了很久

那些争奇斗艳的
都已经零落
蜂蝶也随之遁去
季节不再热闹

相同的颜色
不同的情调
你笑在了最后
淘汰了六宫粉黛
且不加任何矫饰
也不是帝王派出的间谍

我的最后一首诗
能像你一样美吗

就这样静静地站着
就这样静静地看着
如果你是猫眼
想让我窥见什么
如果你发出声来
我肯定立刻晕倒

2012.08.18

赶在冬季之前

初秋落下的种子
深秋就开花了
不曾裸浴过春寒
也不认识酷暑

搭上了末班车
不要同行者
孤独的颜色
向远方暗淡地诉说

勇敢地
赶在冬季之前
虽然是独生子女
却拒绝疼爱

奇花异草
不必去深山寻找

2012.10.28

雨与雪

大雨泻下来
一片喧哗
大雪飘下来
悄无声息

冲开一切
掩盖一切
都是天意

千古之谜

2013.01.19

哭抒雁

我把短信一字不差地看了三遍
发信的是老实人杨闻宇
今天也不是愚人节
这消息绝不会假

我的心在颤抖
我的泪在涌出
他的癌症不是治好了吗
虽然他的消瘦
曾经给过我隐秘的不祥信号

一个优秀的男人
一个有勇气的诗人
一个不穿军装的军人
一个乡情浓重的陕西人
一个我结交多年的知心人
在刚刚破五的后半夜
跟着龙年的龙走了

雷抒雁
我的好兄弟
只要中国还有诗歌

你的名字就不会被人遗忘
只要人间还有春天
你的小草就不会停止歌唱

2013.02.14　急就

水边看树

一棵树
在岸边是工笔
倒影在水中
就成了泼墨

一个人
在生前刻画自己
用最细的线条
和无数的细节

百年之后
在世人看来
也许是一幅赝品

最坏的结果
是一笔也没有留下

所以
人生要有
神来之笔

2013.03.21

你敢不敢到马鞍山来

你敢不敢到马鞍山来
楚霸王会自刎给你看
让你受不住千古英雄的气概
他宁肯不过江东
放弃卷土重来
宁肯屈从天意
绝不承认失败
他的马鞍子漂浮到这里
成了这座城市的名牌
你
忘得了吗

你敢不敢到马鞍山来
你一登上采石矶
就会遇到李白
他高举着巨大的酒杯
盛满他一生的愤慨
说与尔同销万古愁
说千金散尽还复来
说喝罢就到青山找谢朓去了
你
酒量行吗

你敢不敢到马鞍山来
你能否享受得了眼花缭乱之美
九座山的翠绿是迷人的
雨山湖的碧波是醉心的
城市和园林区分不开
长江上响着战太平的鼓声
激起历朝历代的豪迈
鼓声远去之后
水乡之柔和钢铁之硬凝结在当代
坚定如山是马鞍山的性格
柔情似水是马鞍山的情怀
你
舍得走吗

2013.07.27

不醒之梦

像羊梦见青草
我梦见一个女人
梦见她的乳房
我跪下来吸吮

她的奶变成了我的血
化验的结果
全是爱和善良
还有铁的成分

没有任何别的梦
让我做之不尽
如果醒了就是忘本
因为她是母亲

2013.11.15

烈日依旧

闪电扯着旌旗
滚雷战鼓轰鸣
黑压压云的士兵
朝着这方冲锋

晒蔫了的树叶
一起拼命鼓掌
干涸的河床
咧开大嘴欢迎

一阵风刮过去
一阵冰雹砸下来
雹过天晴
烈日依旧当空

2014.06.09 夜半

枣之忆

一竿子敲下去
落一阵红色冰雹
打欢了我的儿时
打疼了我的老年

大闺女小媳妇
扯起花褂子的前襟
做果实的蹦床
黑发上的叶子橙黄
笑声比鲜枣脆甜

枣和栗子拌在一起
填进新婚的枕头
构成一猜就透的谜语
遥奔五世同堂

竿子躲在门背后
保留着枣汁的气味
一年只发泄一回
总在怀恋深秋

2014.09.18

百年新诗百部典藏

泣送陈忠实

突然听说你走了，
我的心口中了一支冷箭！
我一次次忍住泪迸，
以免失态于人前。

老陈！为了文学，
你活得太累，太苦；
忠实！为了众生，
你活得很真，很憨。

你的宽阔的双肩，
抗顶着西岳华山的重量；
你的脸上的皱纹，
刻满了八百里秦川的酸甜。

你的棒棒烟，
还有浓雾缭绕在我的四周；
你的西凤酒，
还有余香回荡在我的舌尖。

你的陕西方言，
会永远萦绕在我的耳旁；

你的毛笔大字，
将一直悬挂在我的房间。

我曾著文肯定你是诗人，
虽然你的代表作是《白鹿原》；
你的"花无言，魂系沃土香益烈"
恰是你评价自己最后的证言！

2016.4.29　急就于兰州

家乡的黄河

——我的老家济阳在黄河北岸，南岸就
是济南市区

家乡的黄河
比青海的黄
比甘肃的宽
比内蒙古的疾
比河南的低

家乡的黄河
离大海不远
接近了她的目的地
飘舞着棕色的长发
具有最后冲刺的英姿

家乡的黄河
含奶量更高
因为母亲出生在那里
含情量更浓
因为我长大在那里

家乡的黄河
沉积着好多故事
爷爷们讲的

刻进了蒲松龄的书
和我童年的记忆

家乡的黄河
是黄河美丽的脚腕
趟过广阔的高粱地
提起宽大的百褶裙
到渤海中足浴

家乡的黄河
历尽沧桑的浪花
频频回首告别大地
那满怀心事的密码
谁能破译

2016.08.29

乡村之冬

土山全裸了
头顶上暖阳高照
喜鹊和麻雀换上新羽绒
猫和狗穿上厚皮草

奶奶们站在商店门口
评比身上的新棉袄
回忆当姑娘媳妇的年代
扯布没有钱还要布票

老汉们坐成一排
皱纹里填满微笑
谁突然大吼了一声秦腔
把怀里的尕孙子吓了一跳

2017.01.13

一滴雨

一滴雨
照直砸中我的头皮
瞄得很准
像来自天外的快递

也许一千年前
它就在到处找我
也许刚刚在云里生成
以结缘的方式

我淋过许多雨
都构不成偶遇
只有这一滴
空投了真情实意

2017.09.25

王宝钏手中的那截缰绳

是薛平贵用宝剑砍断的
因为她拉住战马死不松手
因为他舍不得丈夫远离
人一急
就会耍小孩子脾气
管什么军情紧急

男人走远了
马蹄荡起的尘土
从长安直扬到黄河以西
只有一截缰绳
留在她娇嫩的手里
也许上面还有血滴

这截缰绳
其实就是王宝钏的化身
三股劲儿拧在一起
一股是不嫌贫穷
一股是恋爱自由
一股是青春期的逆反心理
不然不会搞什么三击掌
和父亲脱离了关系

谁会想到这截缰绳
在寒窑的土墙上
一挂就是十八年
王宝钏的初心
和它一样纹丝不动
王宝钏的性格
和它一样垂直
上面结满了蜘蛛网
网着她打彩球的回忆

丈夫又抖着马缰绳回来了
早已经又娶了妻子
却对前妻充满了怀疑
在荒草野坡
对她百般试探
无耻调戏
还准备将她杀死
这个丈夫
十八年不写一封信
还有脸提起曾留下
十担干柴八斗老米

让王宝钏当上了娘娘
让她掌管朝阳正权
穿戴上凤冠霞衣
过去的男人们
就是编造出这样的故事
鼓励没良心的男人

奖励守活寡的妇女
还用唱不完的戏曲
弄得尽人皆知

那截缰绳
没有沾多少文人笔墨
几乎再无人提起
但我经常听到
它至今
还在王宝钏的寒窑里
为可怜的女人们
不停地抽泣

2017.10.02

汉字的羽毛

窗外的树
六点比五点黄
不是镀了夕阳
是秋风吹得匆忙

窗内的我
神情有些紧张
不是怕老得太快
是有写不完的文章

窗外的云白得像纸
窗内的纸白得像云
在等我贴满汉字的羽毛
向未知的时空飞翔

2017.11.01